W9-ADA-327

Soy un superhéroe

# LOS SUPERHÉROES

## no se hacen la cama

Isaura Lee — Christian Inaraja

**edebé**

La vida de un **SUPERHÉROE**

es muy complicada por el día...

R0448802270

# ...Y POR LA NOCHE.

Por eso yo nunca duermo sin mi espada de luz cerca.

Los **SUPERHÉROES** tenemos mucho trabajo
y no podemos hacer otras tareas.
¿O es que tú has visto a SUPERMAN
alguna vez hacerse la cama?

Protegemos y salvamos a los que se encuentran
**EN TERRIBLE PELIGRO MORTAL.**

Buscamos **TRAMPAS PELIGROSAS** y TESOROS
que esconden los supermalos.

Aprendemos a cambiar de ropa
y a disfrazarnos a SUPERVELOCIDAD.

Entrenamos todo el día para estar **SUPERFUERTES**.

Probamos **INVENTOS** y **PLANES SECRETOS**
para derrotar a las fuerzas del mal.

Y, por si fuera poco,
cuidamos y enseñamos
todos nuestros trucos
a nuestra **SUPERSOCIA**...

...Y vigilamos
que no se meta en líos.

Aunque, a veces,
ni siquiera con **SUPERPODERES** podemos evitarlo.

El trabajo de un **SUPERHÉROE** tiene CONSECUENCIAS...

...que no todo el mundo entiende.

En esas ocasiones, ni siquiera la supervelocidad es la solución.

Entonces es el momento
de probar otras medidas.

# —¡VAMOS, CLOE MARAVILLA!

Es hora de que demuestres todo lo que te he enseñado.

Pero ni siquiera entonces podemos descansar.
Tarde o temprano, alguien NECESITARÁ NUESTRA AYUDA.

Y es que la vida de un **SUPERHÉROE** es MUY COMPLICADA.

Aunque, con una **SUPERSOCIA**, hasta SUPERMAN PODRÍA HACERSE LA CAMA.

© Isaura Lee: Ana Campoy, Esperanza Fabregat, Javier Fonseca, Raquel Míguez, 2015
© Christian Inaraja, por las ilustraciones, 2015

© Edición: EDEBÉ, 2015
Paseo de San Juan Bosco, 62
08017 Barcelona
www.edebe.com

Atención al cliente: 902 44 44 41
contacta@edebe.net

Dirección editorial: Reina Duarte
Diseño de la colección: Book & Look

2ª edición

ISBN 978-84-683-1573-7
Depósito Legal: B. 239-2015
Impreso en España/Printed in Spain

Cualquier forma de reproducción, distribución, comunicación pública o transformación de esta obra solo puede ser realizada con la autorización de sus titulares, salvo excepción prevista por la Ley. Diríjase a CEDRO (Centro Español de Derechos Reprográficos) si necesita fotocopiar o escanear algún fragmento de esta obra (www.conlicencia.com; 91 702 19 70 / 93 272 04 45).